AF233284

LETTRES
AU PAYSAN

SUR LE

PLÉBISCITE

PAR

ALBERT DE LABERGE

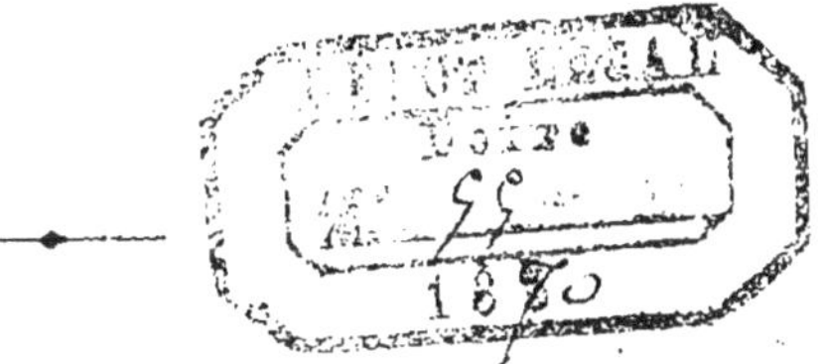

Prix : 10 cent.

EN VENTE :

À LA LIBRAIRIE CONSTANTIN, RUE DE LA COMÉDIE.

Et au bureau de l'Eclaireur, place Marengo, 10.

LETTRES AU PAYSAN
SUR LE PLÉBISCITE

———•———

Paysan,

Aimes-tu ton fils? Ce fils que ta femme a nourri et que tu as élevé auprès de toi; ce fils qui, enfant, gardait ton troupeau, jeune homme, conduit ta charrue; ce fils pour lequel tu as travaillé nuit et jour pendant vingt ans, ce fils pour lequel tu as économisé sur tes bras et sur ta bouche, ce fils pour lequel tu t'es privé et auquel après cinquante ans de travail tu laisseras à peine un lopin de terre, fruit de tes sueurs et de tes peines?

Ce fils que tu as élevé à l'école du travail et de l'honnêteté, que tu as fait fort, robuste, que les maladies et les corruptions de la ville n'ont pas souillé, ce fils que ta vieillesse garde comme un trésor réparateur et qui doit veiller sur tes derniers ans, veux-tu le conserver auprès de toi? Veux-tu le conserver cet enfant qui porte ton nom, dont le visage reproduit tes traits, dont la main prendra la pioche quand elle tombera de tes mains, cet enfant qui est glorieux de son père et qui ne demande qu'à agrandir son héritage, l'héritage du travail et de la probité?

Veux-tu le conserver, cet enfant qui anime et égaye ta chaumière, qui ferme tes yeux quand tu meurs, qui cultive ton champ lorsque tu es malade, et t'aide à payer le percepteur lorsque la moisson est ingrate et qu'il faut travailler chez les autres?

Veux-tu le conserver pour ne point être seul, pour ne point mourir seul, pour avoir une famille autour de ton lit de mort?

Cette terre que tu aimes, que tu as si souvent labourée;

ensemencée, moissonnée, tu ne veux pas la voir disparaître aux mains des étrangers ; tu sais trop ce que ton père et ton grand père ont souffert, tu sais trop ce qu'il en coûte d'être esclave et de travailler pour le seigneur ; tu veux que ton fils soit libre et que ses labeurs n'enrichissent point l'homme du château et de la ville. Eh ! bien alors écoute :

Il y a parmi les quarante millions d'hommes qui vivent autour de toi un être qui s'appelle l'empereur.

Cet homme que tu ne connais pas, que tu n'as peut-être jamais vu, dépense plus en une minute que ton champ ne rapporte en deux ans ; tu travailles plus d'une journée pour gagner un écu ; cent mille francs ne suffisent pas toujours à payer une heure de son oisiveté. Tu couches dans une chaumière, il a plus de vingt palais à sa disposition ; il t'est défendu de chasser dans les bois voisins, il a trente forêts pleines de gibiers, où il peut tirer à toute heure du jour et de la nuit. Cette cabane que ton père t'a léguée, pour l'acquisition de laquelle plusieurs de tes ancêtres ont dû travailler sans relâche, il peut te l'enlever d'un jour à l'autre ; ce champ qui te représente vingt années de soucis et de fatigues, dont chaque motte de terre a été fécondée de tes sueurs, il peut te l'enlever ! ce fils que tu as si laborieusement élevé, qui fait l'honneur de ton foyer et qui doit veiller à ton chevet, il peut te l'enlever.

Il peut te l'enlever, car il est le maître absolu de la vie, de la dignité, de la fortune de quarante millions d'hommes ; il peut, d'un trait de plume, les envoyer mourir au Mexique, en Afrique, en Chine, si sa fantaisie l'ordonne, si la solidité de son trône l'exige ; il peut dissiper leurs biens, en jetant la fortune publique dans le gouffre du déficit, et même engager les ressources futures de plusieurs générations.

Les milliards qu'*il* demande chaque année à la France, il en use entièrement à sa volonté. Il sait que tu as besoin de chemins de fer pour transporter tes produits sur les marchés, et te ramener des villes l'engrais qui doit féconder ta terre ; il pourrait en couvrir utilement le pays, mais il préfère renouveler les guêtres et les schakos de son armée, ou faire construire des mitrailleuses... Il sait que l'agriculture souffre et que la terre ne nourrit plus le paysan, mais il a bien autre chose à faire que de chercher le remède à ces maux, et il répond à l'agriculteur qui se plaint : « Ce sont tes récoltes qui sont trop bonnes et qui font baisser le prix des grains ! » (1)

______

(1) Circulaire de M. Béhic aux agriculteurs (5 juillet 1865).

Comme si le sol était coupable de trop produire, comme si le travail était un crime !.

Cela te paraît étrange, à toi, paysan, qu'on accuse ta charrue de trop labourer et les semences d'être trop fécondes ; il te semble que si le grain coûtait moins cher, si la terre n'était pas épuisée par l'impôt, si les produits étaient rapidement enlevés, si le prix de la main-d'œuvre était diminué par des machines, tes récoltes ne seraient jamais trop bonnes et tu ne te plaindrais pas du bas prix des blés.

Tu n'a pas oublié les terribles années de disette, où le pain coûtait un franc la livre, où ton frère des villes, l'ouvrier, mourait de faim, et où toi-même, paysan, tu étais obligé de faire quatre rations d'une. Quoique tu ne sois pas sur un trône, que tu ne commandes pas à quarante millions d'hommes et que tu n'aies pas cent mille savants à tes ordres, dans ton ignorance, tu en sais plus que cet empereur et que ses ministres, car tu as vu ce qu'ils n'ont jamais voulu voir, tu as compris ce qu'ils n'ont jamais voulu comprendre, c'est-à-dire que la plus belle de tes moissons ne récompenserait jamais tes labeurs, si ton loyer, les outils et les vêtements augmentaient sans cesse de prix, si tes impôts allaient toujours croissants.

L'argent que tu dépenses est le fruit de ton travail, aussi tu en es avare comme du sang de ton fils, et tu ne penses pas, comme Napoléon III, que *plus on dépense, plus on est riche.*

Tu veux bien payer le percepteur, mais tu voudrais que ton argent te fût rendu sous forme d'écoles, de chemins de fer, de canaux, tu voudrais savoir où il passe, connaître ceux qui le dépensent, et t'assurer que leurs mains n'en retiennent pas le plus pur et le meilleur.

Eh ! bien, paysan, l'heure est venue pour toi de savoir tout cela, l'heure est venue de garder ton fils auprès de toi, de garder ton argent dans les coffres, ou de l'échanger seulement contre des travaux utiles au pays. Dans quelques jours le maire de ton village va te présenter un carré de papier sur lequel sera inscrit le mot : OUI. Ce bulletin, il te dira de le mettre dans une urne. En te remettant ce *oui*, il ajoutera que l'empereur veut donner la liberté et le bien-être à tout le monde ; il ajoutera que les *partageux* sont revenus et que le *oui* a pour but de les chasser.

Tu ne répondras rien à ce maire, tu mettras le bulletin dans ta poche, et quand tu seras rentré chez toi, tu diras à ton fils d'effacer le mot *oui* et d'écrire au-dessus le mot NON.

Et si ton fils te demande pourquoi, tu lui diras ceci :

Oui, c'est le droit pour l'empereur de te faire conscrit et de t'envoyer mourir en Crimée du choléra, ou au Mexique de la fièvre jaune.

Oui, c'est le droit pour l'empereur d'augmenter nos contributions à sa volonté et de nous ruiner s'il lui plaît.

Oui, c'est pour la France une armée d'un million d'hommes, un budget de deux milliards.

Oui, c'est pour notre maison le deuil et la misère.

Or, je n'ai pas engendré un fils pour qu'à vingt ans on en fasse de la chair à canon, je ne veux pas avoir travaillé toute ma vie pour mourir sans enfants et laisser une maison déserte.

Voilà pourquoi je te dis de prendre la plume, d'effacer le mot OUI et d'y mettre à la place NON.

II

Paysan,

Tu vas recevoir prochainement, sous enveloppe, une lettre signée Napoléon.

Cette lettre sera sur du beau papier, car c'est toi qui payes et tu comprends que l'empereur n'a aucune raison d'être avare de ton argent.

Cette lettre sera tirée à douze millions d'exemplaires. Si l'on compte le prix du papier, le travail de l'imprimeur, les frais d'écriture et de poste, et *le tour du bâton*, c'est au plus juste trois millions que ça te coûtera, trois millions qu'on te réclamera sous forme de cote foncière ou de centimes additionnels.

Tu te serais bien passé de cette nouvelle dépense, n'est-ce pas ? Tu aimerais mieux des chemins ruraux pour aller à tes champs ou des canaux pour arroser tes prés. Mais il s'agit bien de cela. La véritable question, vois-tu, c'est que Napoléon IV hérite des quarante millions de rente que tu payes chaque année à son père (1). Saisis-tu? Voilà l'intérêt du moment, voilà pourquoi ton maire, qui ramasse les miettes de la table impériale, te conseillera de mettre *oui* dans l'urne.

Mais reprenons notre compte.

Tu es si bon enfant que tu auras certainement du plaisir à voir ce que te coûte la tendresse de Napoléon III pour la fortune de son fils.

Comme tu es le banquier de ces messieurs et que ce sont toujours tes écus qui dansent, aucun moyen ne doit être négligé pour s'assurer de ta confiance et te faire mettre la main à la poche.

Donc, crainte que tu ne sois pas assez flatté d'avoir reçu une lettre personnelle de l'homme aux quarante millions de rente, on apposera à tous les coins de ton village des affiches où l'on te répètera sur tous les tons : *que depuis dix-huit ans tu jouis du calme et de la prospérité les plus complets;* on se gardera bien de te dire que cette prospérité te coûte, par an, quatre cent millions de plus qu'avant. Quand on veut trouver du crédit, on oublie toujours d'avouer ses dettes.

Ces affiches, on en fera faire six millions d'exemplaires pour en poser dans toutes les villes et dans tous les plus petits hameaux de France. Bénéfice net pour toi : encore un nouveau million qu'on te réclamera à la fin de l'année. Et toujours dans l'intérêt du jeune gamin de quinze ans, qui doit plus tard faire ton bonheur, moyennant la modique somme de *quarante millions* par an.

Tu crois peut-être que tu seras quitte pour quatre millions. Erreur. Il va falloir faire imprimer des bulletins *oui* pour toute la France. D'après les calculs faits, il faut en moyenne dix bulletins pour une seule personne, à cause du nombre considérable qui se perd en route. C'est donc, puisqu'il y a dix millions d'électeurs, cent millions de bulletins que l'empereur va faire imprimer à tes frais.

Les bulletins, il est vrai, coûtent fort bon marché; on en a mille pour deux francs. Cent millions de bulletins reviendront donc à deux cent mille francs. C'est le prix du papier imprimé. Maintenant, sur les cent millions de bulletins, on en

____

(1) L'empereur ne touche que 25 millions pour ses dépenses particulières, mais le revenu des châteaux impériaux, les dotations des princes, princesses, les pensions accordées aux amis de Sa Majesté, portent le budget du trône impérial à plus de 40 millions.

enverra vingt millions par la poste et on en fera distribuer quatre-vingt millions par des porteurs. En supposant quatre porteurs par commune, ce qui est fort peu, on obtient pour les 40,000 communes, 160,000 porteurs, à cinq francs pièce, soit une dépense de *huit cent mille francs*, qu'il te faudra ajouter aux sommes déjà énoncées.

Ce n'est pas tout.

Il y a le budget de l'*activité dévorante* à solder. Tu ne connais pas ce nouveau budget, paysan? Il te semblait peut-être que, si l'on avait à te consulter, il suffisait d'afficher sur le mur de la mairie : « Chaque citoyen est prié de dire par *oui* ou *non*, s'il est satisfait du gouvernement et des institutions actuels. » Tu ne voyais point la nécessité de lettres personnelles, d'affiches, de proclamations, etc., etc. Mais ce n'est point l'affaire de Napoléon III. Il veut bien te consulter, mais à la condition que tu seras de son avis, et, pour s'assurer que tu partage l'excellente opinion qu'il a de ses actes, il a fait venir à Paris ses 89 préfets, qui ont fait venir à leur tour leurs 350 sous-préfets, qui ont fait venir leurs 40,000 maires, qui ont appelé leurs 80,000 adjoints, qui ont demandé leurs 150,000 gardes-champêtres, instituteurs et curés.

Tu connais tous ces gens-là, paysan, ce sont de gros et gras personnages, les premiers surtout, qui ne se dérangent pas à peu de frais. Il a fallu leur payer des suppléments de traitement pour voyage. De plus, — on ne pouvait pas moins faire — on les a régalés, et, entre la poire et le fromage, on a parlé de toi.

— Eh bien! monsieur le maire, que pensent vos paysans? a dit M. le préfet.

— Que voulez-vous? toujours la même chose. Ils se plaignent des impôts qui sont trop lourds et de la vie qui est trop chère.

— Vous leur direz que l'empereur a toujours la même sollicitude pour eux et qu'il s'occupe activement d'améliorer leur sort.

— C'est que..... monsieur le préfet, la ficelle est bien usée. Voilà trop longtemps qu'on répète ces promesses, et j'ai bien peur que ça ne prenne plus. Depuis dix-huit ans, le chiffre de leurs impositions va toujours croissant, et nos paysans commencent à trouver singulier qu'on augmente leur fortune en leur empruntant sans cesse.

— Alors, monsieur le maire, vous leur persuaderez que la Révolution est imminente s'il ne disent pas *oui;* vous leur ferez croire que les communistes et les *partageux* sont à leurs portes, et qu'il suffira de répondre *oui* pour les mettre en fuite !

Cette petite comédie arrangée entre quatre murs, on promet à celui-ci la croix, à celui-là un chemin pour son château, à cet autre de l'eau pour son usine; on leur paie les frais du voyage, et on les renvoie avec un bon cigare à la bouche.

Grâce à ces déplacements, aux circulaires qu'on envoie, aux dîners qu'on donne et aux cigares qu'on offre, on arrive ainsi à dépenser un nouveau petit million qu'à l'exemple des autres on te fera encore payer. Car, pour Napoléon III, les Français sont des banquiers donnés par la nature.

Si tu me demandes, paysan, la morale de toute cette comédie, elle est dans le compte suivant :

Lettre impériale, douze millions d'exemplaires imprimés et distribués. 3,000,000
Manifeste imprimé et affiché, à six millions d'exemplaires 1,000,000
Cent millions de bulletins imprimés 200,000
Distribution des bulletins 800,000
Frais de tournée des préfets, sous-préfets, procureurs impériaux, juges de paix, maires, adjoints; dîners et cigares 1,000,000
Total. 6,000,000

Six millions pour te faire croire que tu es content d'avoir ton fils à l'armée et ton argent chez M. le percepteur;

Six millions pour te persuader que tu as les chemins qu'il faut à ton champ, les canaux qu'il faut à ton pré, les chemins de fer qu'il faut pour tes blés ;

Six millions pour te faire accepter une Constitution qui te traite en esclave et ne te donne pas seulement le droit de nommer ton maire !

Six millions pour te faire croire, enfin, que les vessies sont des lanternes et qu'un homme a besoin, pour en gouverner d'autres, de quarante millions de rentes par an (1).

____

(1) On te diras, paysan, que ces six millions ne sont pas pris dans la caisse du budget et que ce sont pas souscriptions volontaires faite par un comité de Paris qui couvriront ces frais. *Ce n'est pas vrai.* Les souscriptions de ce comité ne payeront rien de ces six millions; le comité de Paris a des frais particuliers de propagande et de circulaires qui emploieront l'argent des souscriptions volontaires. C'est donc bien lui qui payera les bulletins, les letttres impériales, les manifestes, soit *six millions.*

Et maintenant, paysan, il y a de tes concitoyens qui pensent que ces six millions seraient beaucoup mieux dans leurs poches que dans celles du gouvernement.

Des hommes qui sont d'avis que l'argent coûte trop cher à gagner pour qu'on le jette aussi insolemment par les fenêtres.

Et, comme ils n'entendent pas que ces folies se perpétuent, comme ils désirent que les deniers du pays soient employés utilement et qu'ils ne servent plus à engraisser les deux cent mille richards qui nous gouvernent,

Ils ont résolu de répondre à l'empereur :

Non, nous ne voulons pas que vous meniez les Français comme un troupeau ;

Non, nous ne voulons pas qu'on nous prenne pour des moutons et qu'on nous tonde ras chaque année ;

Non, nous ne voulons pas vous donner neuf cent mille soldats pour parader dans vos revues ;

Non, nous ne voulons pas vous faire quarante millions de rentes à perpétuité ;

Non, mille fois *non !...*

III

‹Paysan !

Tu n'es pas instruit ; le travail des champs ne te permet pas de lire ; tu as quitté l'école de bonne heure. Il fallait aider ton père dans ses travaux.

Les affaires du pays, tu ne les connais que par des affiches électorales. Tu ne sais pas tous les jours, comme l'habitant des villes, ce que le gouvernement fait ; tu ne connais pas toujours les causes de tes souffrances, les causes de l'augmentation des impôts, les causes de la diminution du blé, ce qui fait ta richesse ou ta pauvreté.

Mais si tu n'es pas instruit, si tu ne lis pas aussi souvent que les autres, tu as autant d'intelligence et de bon sens qu'eux, et tu ne veux pas qu'on te prenne pour un imbécile.

Me prendre pour un imbécile ? diras-tu.

Est-ce que je ne connais pas mes intérêts aussi bien que

les autres? Est-ce que je ne sais pas la culture qu'il faut à mon champ, les travaux à faire dans ma commune et l'emploi que je dois donner à mon argent?

Sans doute, mais toutes ces excellentes raisons n'empêchent pas que le gouvernement te prenne pour un imbécile et se moque de toi. Je m'en vais t'en fournir la preuve très facilement.

L'empereur vient de tracer une nouvelle Constitution. Je ne t'expliquerai pas ce que c'est qu'une Constitution, et ce que contient de neuf celle qui vient de se produire, et sur laquelle tu as à voter. Pour te faire comprendre, en peu de mots, ce qui se passe et ce que tu vas avoir à approuver, je te dirai seulement ceci : Suppose qu'un meunier vienne te proposer de t'acheter ton blé 27 fr. les 100 kilos; tu te dirais : « ce n'est pas un mauvais prix. J'accepte. » Tu répondrais *oui*.

Mais si le meunier ajoutait : « Je vous achète aujourd'hui votre blé 27 fr. les 100 kilos, mais à une condition, c'est que, désormais, vous me le vendrez toujours ce prix-là, quand même le blé augmenterait; non-seulement vous ne me vendrez votre blé que ce prix-là, mais encore nous allons faire un marché par lequel vos enfants, petits-enfants et arrière-petits-enfants, ne vendront jamais leur blé, à moi ou à mes héritiers, que 30 fr. les 100 kilos. C'est un engagemedt éternel entre votre famille et la mienne. Il n'y aura pas moyen pour vos héritiers de le rompre. »

En présence de conditions pareilles, tu répondrais *non*, n'est-ce pas? Tu te dirais: ce meunier est un malin. Le blé vaut aujourd'hui 25 fr.; il m'achète le mien 27 fr., mais il me l'achète ce prix-là parce que, dans cinq ans, dans dix ans ou dans cinquante ans, il vaudra 40 fr. les 100 kilos, que je serai obligé, toujours obligé de lui vendre 27 fr., et qu'il aura fait ainsi un marché magnifique.

Tu répondras au meunier : « Vous me prenez pour un niais; aussi, je n'accepte pas vos propositions et je vous dis *non*. » Eh bien! le gouvernement agit envers toi comme agirait ce meunier. Il t'offre un marché de la même nature, et il espère bien que tu l'accepteras et tu que diras *oui*. Et dans ce but, voici le procédé qu'il emploie :

Au village, il y a deux hommes très considérés parce qu'ils sont plus instruits que les autres, qu'on a souvent besoin d'eux ou qu'on en a peur. Ces deux hommes sont le maire ou le garde-champêtre. Le maire, c'est le cultivateur qui a le plus d'arpents de terre ou un gros bourgeois de la ville voisine qui a ses propriétés dans le village. C'est lui qui, à la campagne, fait la pluie et le beau temps. Il permet de faire bâtir, il peut faire tracer les chemins où il veut, fixe les alignements, règle le mode et le lieu des prestations, donne ou retire les licences aux aubergistes, signe ou ne signe pas les procès-verbaux du garde-champêtre, fait poursuivre ou abandonner les affaires en justice de paix. Le maire est enfin, paysan, l'homme qui peut te rendre le plus de services et t'attirer le plus de mal. Il peut, à son gré, te faire gagner de l'argent ou t'en faire perdre, t'être utile ou te causer mille vexations.

Le garde-champêtre, c'est le lieutenant du maire. Ce que ce dernier ordonne, fût-ce injuste ou malhonnête, il est contraint de le faire.

Si tu n'as pas son amitié et que ta vache sorte un peu de ton pré, tu attrapes un procès-verbal. Si, au contraire, la vache de ton voisin se promène dans ton champ, il aura bien soin de fermer les yeux et de tourner la tête d'un autre côté. L'hiver les enfants vont ramasser du bois mort dans la forêt; gare à la branche verte que le garde-champêtre trouvera dans leurs fagots! Ton maire et tes adjoints ont du gibier et du poisson en tout temps sur leurs tables; la pêche et la chasse te sont interdites la moitié de l'année!

Le gouvernement sait tout cela. Aussi, dernièrement, ton maire a été demandé à la préfecture, et là, on lui a ordonné de te faire mettre un bulletin *oui* dans l'urne, lors du prochain vote. A quel ordre il a promis d'obéir, en déclarant qu'il répondait de toi, que tu ne savais pas seulement ce que c'était qu'un plébiscite et qu'il t'expliquerait si bien la question à sa manière que tu n'y verrais que du feu. D'ailleurs, les mauvaises têtes du pays, ceux qui n'avaient pas bien voté aux dernières élections, ont attrapé trop de procès-verbaux depuis pour y revenir, et M. le préfet peut être assuré que la commune votera *oui* comme un seul homme.

Rentré au village, le maire appelle le garde-champêtre. Il lui expose qu'il a promis au préfet tous les votes de la commune, et qu'il faut faire comprendre aux paysans que l'empereur leur veut beaucoup de bien, et que s'ils votent *oui*, les alouettes leur tomberont toutes rôties! Il l'engage à ne pas constater de contraventions pendant les quinze jours qui précèdent le vote, afin de ne mécontenter personne. Liberté complète pour les braconniers. Quand le vote sera passé, on avisera.

En attendant, le garde-champêtre ira dans les cabarets où

dans les champs causer avec tous les cultivateurs, faire son boniment, parler des *rouges* qui troublent les affaires, de la révolution qui menace de revenir et de faire baisser le prix du blé, et autres mensonges avec lesquels on te fera peur.

C'est ainsi, paysan, que la chose se passe et qu'on *vend* d'avance ton opinion et ton vote à M. le préfet. M. le maire est l'esclave de M. le préfet, qui peut le destituer quand ça lui plaît; le garde-champêtre est l'esclave du maire, qui peut le destituer quand ça lui plaît; et toi, à ton tour, tu es l'esclave du maire et du garde-champêtre, qui peuvent non pas te destituer, mais augmenter tes impositions, te dresser des procès-verbaux, donner ou refuser un chemin qui te serait utile, en un mot, te rendre mille services ou te causer mille ennuis.

Aussi, M. le préfet dit-il au ministre : Je ferai voter tout mon arrondissement comme il vous plaira; M. le maire dit au préfet : Je ferai voter toute ma commune comme il vous plaira; et le garde-champêtre dit au maire : N'ayez crainte, je ferai voter tous nos paysans comme il vous plaira.

Avais-je raison de te dire que ces gens-là se moquaient de toi, te prenaient pour un imbécile et spéculaient sur ton peu d'instruction pour te tromper?

Tiens, une dernière preuve :

Des milliers de conseillers municipaux ont demandé, depuis un an, qu'il leur fût permis de choisir eux-mêmes le maire de leur commune.

C'était là une réforme bien simple et peu révolutionnaire. Évidemment, vous, habitants d'un village, vous connaissez beaucoup mieux que M. le ministre qui vit à Paris l'homme d'entre vous le plus propre à gérer vos intérêts et défendre vos droits; vous savez parmi vous quel est le plus intelligent, le plus honnête. Enfin, si vous nommiez vous-mêmes votre maire, il serait obligé de ne point faire d'injustices et de respecter la liberté de chacun, car, s'il agissait autrement vous lui retireriez votre confiance, et, à la prochaine élection, vous en nommeriez un autre à sa place.

Cette réforme si juste, si naturelle, si utile, si conforme à vos intérêts, le gouvernement n'a pas voulu l'accorder; il a même déclaré, il y a quelques jours, qu'il ne l'accorderait jamais. Pourquoi? Parce que si tu nommais toi-même ton maire, tu serais indépendant, tu serais libre, tu voterais tes impôts comme tu voudrais, tu aurais les chemins qu'il te faudrait, en un mot, ton maire serait ton serviteur, ce qui doit être, au lieu d'être le serviteur du ministre et du sous-préfet, ce qui est en réalité.

Aussi, écoute, voici mon dernier conseil; si le maire, ou le juge de paix, ou le garde-champêtre te parlent des réformes libérales qui sont introduites dans la nouvelle Constitution et t'invitent à les approuver par un bulletin *oui*, réponds leur :

Je ne suis l'esclave de personne, je ne veux pas qu'on dispose de moi sans ma permission, je sais aussi bien que vous ce que j'ai à faire, et mon opinion est toute faite sur les prétendues réformes libérales dont vous me parlez.

Vous avez promis à M. le préfet de me faire voter *oui*, parce que M. le préfet peut vous destituer si cela lui convient. Eh bien ! Je ne veux pas que mon vote soit vendu à l'avance.

Je veux que mon maire soit le serviteur de la commune et non celui du préfet.

Et puisque la nouvelle Constitution ne me permet pas de nommer mon maire, je vote contre.

Et je mettrai sur mon bulletin : NON.

ALBERT DE LABERGE.

Saint-Étienne, imprimerie FREYDIER, rue de la Bourse, 2, angle de la place Marengo et de la rue d'Arcole.

NON

NON